글·그림 **김규희**

대학과 대학원에서 시각디자인과 일러스트레이션을 공부했습니다.

디자이너, 일러스트레이터, 아트 디렉터, 대학 강사 등을 거치면서 그림책 작가의 꿈을 키웠습니다.

지금은 고양이들과 함께 살면서 고양이를 모티브로 다양한 작업을 시도해 보고 있습니다.

쓰고 그린 책으로 《가족이 된 고양이 모냐와 멀로》가 있습니다.

블로그 https://blog.naver.com/kkhjjm
인스타그램 https://instagram.com/kimkyuhee1
그라폴리오 https://www.grafolio.com/kkhjjm

고양이가 제일 좋아

초판 1쇄 펴냄 2021년 9월 10일
　　 2쇄 펴냄 2022년 10월 11일

글·그림 김규희

펴낸이 고영은 박미숙
펴낸곳 뜨인돌출판(주) | 출판등록 1994.10.11.(제406-251002011000185호)
주소 10881 경기도 파주시 회동길 337-9 | 대표전화 02-337-5252 | 팩스 031-947-5868
홈페이지 www.ddstone.com | 블로그 blog.naver.com/ddstone1994
페이스북 www.facebook.com/ddstone1994 | 인스타그램 @ddstone_books

ⓒ 2021 김규희

ISBN 978-89-5807-850-0 03810

일러두기
1. 이 책에 실린 고양이 이름과 용어는 국립국어원, 구글 위키백과의 기준을 따랐습니다.
   다만 실제 발음에 가깝게 쓰고자 예외적인 표기를 한 경우도 있습니다.
2. 고양이 생김새와 특징을 담은 그림의 경우, 저자가 고양이를 선별해 수묵 담채화로 구성한 것입니다.

어린이제품안전특별법에 의한 제품표시
제조자명 뜨인돌출판(주) **제조국명** 대한민국 **사용연령** 만 5세 이상

내 냥이에게 들려주고 싶은 이야기

고양이가 제일 좋아

김 규 희 글·그림

뜨인돌

이 세상엔 참으로 예쁘고 귀여운
고양이가 많아요.
그런데 난 우리 '모냐'가 제일 좋아요.

왜냐하면요…….

이 세상에 단 하나밖에 없는 나만의 고양이거든요.
우리 모냐는 '코리안 쇼트헤어'예요.
털은 '칼리코' 색이고 눈은 '라이트 그린' 색이에요.

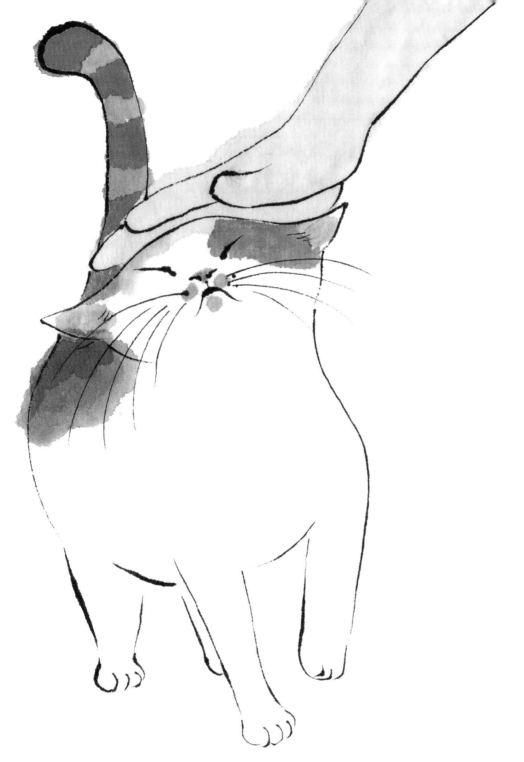

모냐는 길고양이 새끼였어요.

아주아주 추운 겨울날,
우리 할머니가 엄마 잃은 아기 고양이를 데려왔어요.
할머니가 늘 밥을 챙겨 주던 길고양이 '나비'가
교통사고로 죽은 다음 날이었죠.

아기 고양이는 할머니가
늘 밥을 챙겨 주던 길고양이 ‘나비’랑
정말 똑같이 생겼어요.
‘나비’가 아기 고양이의 엄마였나 봐요.

할머니는 아기 고양이의 이름을 뭐라고 하냐,
뭐라고 하냐라고 한참 생각하다가
'모냐'라고 지으셨대요.

‘모냐’는 애교가 많아요.
나만 보면 배를 보이고
이리 뒹굴 저리 뒹굴 해요.
고양이가 배를 보인다는 건
"네가 좋아."
"너를 믿어."
라는 뜻이래요.

우리 '모냐'는요,
파리도 잘 잡아요.

또 내가 슬플 때는 슬쩍 다가와서
머리를 쓰다듬을 수 있게 해 줘요.

그리고 내 앞에서 귀여운 행동도 보여 주지요.

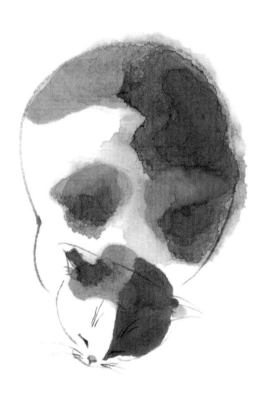

'모냐'가 홀로 잠들 때면
나도 그 곁에 고요히 머물러요.

이제 할머니는 이 세상에 안 계시지만
나도 할머니처럼 '모냐'를 사랑하고
끝까지 함께할 거예요.

당신에게도 고양이가 특별한 존재인가요?

우리 곁에 어떤 고양이들이 있는지

함께 살펴보아요.

🐾 랙돌 Ragdoll

'래그돌'이라고 부르는 고양이예요.
줄여서 '랙돌'이라고 하지요.
몸이 다 크면, 얼굴에서 V자를 뒤집어 놓은 듯한
흰색 부분을 찾을 수 있어요.

커다랗고 푸른 눈,
뚜렷한 털색이 특징이에요.

꼬리털은 풍성하고 실크처럼 부드럽답니다.

🐾 스핑크스 Sphynx

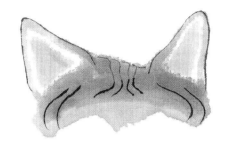

언뜻 보기에는
털이 없이 매끈한 몸을 지닌
고양이처럼 보여요.
그러나 사실은 아주 짧고 가느다란
솜털이 있답니다.
세모 모양으로 큰 귀가 위로
쫑긋 솟아 있어요.

녹색, 구리색, 파란색, 황금색 등
눈 색이 무척 다양해요.

각진 얼굴이고
수염이 거의 없어요.

끝으로 갈수록 가늘어지는 꼬리를 가졌고요.

*며느리발톱은 뒷발에 달린 발톱을 말해요.

며느리발톱이 두드러져 보여요.

🐾 버미즈 Burmese

점프력이 뛰어난 고양이예요.
눈은 황금빛 노란색이죠.

크림색 버미즈는 분홍색 코를

꼬리는 골격이
단단하고
직선형이에요.

초콜릿색 버미즈는 갈색 코를 가지고 있죠.

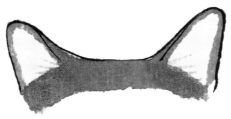

귀 끝이 둥글고,
귀의 바깥 선과 얼굴선이 이어져 있어요.

메인 쿤 Maine Coon

튼튼하고 상냥한 고양이예요.
다양한 눈 색깔을 가지고 있어요.

털도 단색이나 줄무늬 등 여러 가지고요.
꼬리는 아래쪽으로 갈수록
넓어져요.

끝이 뾰족한 큰 귀를
가지고 있어요.

입 주변은 도톰하고
넓적해요.

품종 고양이 중 가장 큰 고양이랍니다.

🐾 아메리칸 쇼트헤어 American Shorthair

이마 위에 M 자 모양 줄무늬가 있는 고양이예요.
귀는 폭이 넓고 끝부분이 둥글죠.

몸 줄무늬는 목걸이 패턴이고,
털이 짧아 '쇼트헤어'라는 명칭이 붙었대요.

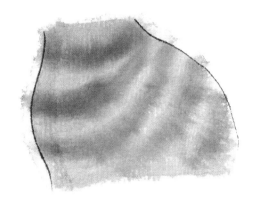

눈 색도 아주 다양해요.

꼬리는 끝으로 갈수록 짙은 색이랍니다.

코 색깔과 발바닥 색깔이 같아요.

벵골 Bengal

표범살쾡이를 닮은 고양이예요. 눈은 보통 파란색이나 녹색이에요.

커다랗고 활짝 열린 귀를 가졌어요.

꼬리 끝부분은 검은색이에요.

광대뼈가 돌출되어 있어요.

코는 폭이 넓고 도톰해요.

점무늬, 표범 무늬, 대리석 무늬 등
멋진 무늬를 가지고 있어요.

🐾 러시안 블루 Russian Blue

러시아 황실에서 온 고양이예요.
끝이 뾰족하고 위로 쫑긋 선 귀를 가졌어요.

푸른빛 도는 회색 털과 초록색 눈이
무척 신비로워요.

꼬리는 가늘고 길어요.

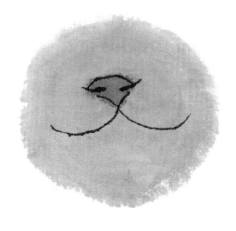

미소 짓고 있는 듯한
입 모양을 가지고 있어요.

버만 Birman

미얀마에서 온 고양이로 둥근 형태의
짙푸른 눈을 가졌어요.
얼굴 가운데 포인트 색이 있죠.

*포인트는 몸의 한 부분에 짙은 색을 가진 걸 말해요.

레드, 크림 포인트 버만 고양이는
분홍색 코를 가지고 있어요.

블루, 실버, 초콜릿 포인트
버만 고양이는 초콜릿색
코를 가졌어요.

귀는 끝이 넓고 둥근 모양이에요.

꼬리는 복슬복슬한 털로 뒤덮여 있고,
중간 길이의 꼬리를 가지고 있어요.

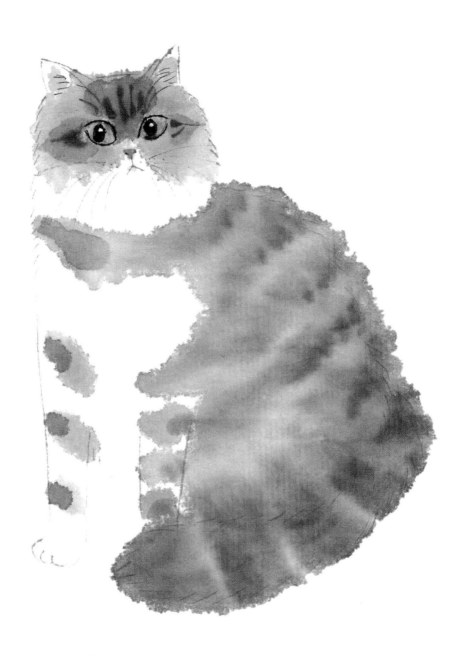

🐾 노르웨이 숲 Norwegian Forest

'놀숲'이라고 부르는 고양이예요.
큰 삼각형 귀를 가졌고,
귀 안쪽에는 바람과 눈을
막아 주는 긴 털이 있어요.

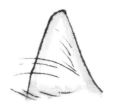

아몬드 모양의 눈으로
눈꼬리가 올라갔어요.
눈은 파란색을 제외한
모든 색을 가질 수 있대요.

털은 겉털과 속털이 있어요.
북유럽의 매서운 겨울처럼
날씨가 추워지면 속털이
빽빽하게 자란답니다.

크고 둥그런 발을 가지고 있어요.

🐾 브리티시 쇼트헤어 British Shorthair

고양이 중에서도 다양한 털색을 가진 품종이에요.

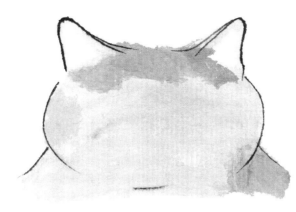

둥글고 큰 얼굴형,
짧은 목과 넓은 어깨,
두툼한 가슴을 뽐내지요.
푸짐한 몸매의 소유자랍니다.

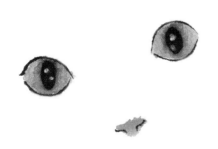

눈과 눈 사이가 멀어요.
눈은 짙은 금색, 구리색,
파란색, 녹색 등 다양해요.
눈 색은 털색과 관련 있다고 해요.

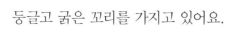

코는 양쪽으로 넓고 길이가 짧아요.

둥글고 굵은 꼬리를 가지고 있어요.

🐾 코니시 렉스 Cornish Rex

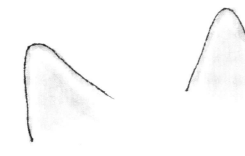

매력적인 외모를 가진 고양이예요.
귀가 커다랗고 얇아서
핏줄이 비쳐요.

곧게 뻗은 코를
가지고 있어요.

얼굴에 비해 눈이 크고
털색, 눈 색도 다양해요.

꼬리는 가늘고 길어요.
짧고 곱슬거리는 털이 있으나
워낙 굵기가 가늘어 추위에 약해요.

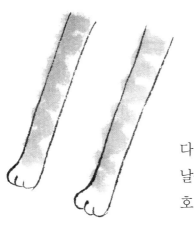

다리도 꼬리처럼 길고 가늘어요.
날씬한 몸으로 이리저리 뛰어다니기 좋아하고
호기심과 에너지가 넘쳐요.

🐾 페르시안 Persian

긴 털에 매력적인 외모를 자랑하는
고양이예요. 넓은 이마와
작은 귀를 가지고 있지요.

코는 짧고 턱은 넓어요.

눈이 구슬같이 둥글어서
눈 색이 더 잘 보여요.

발도 털이 길고
몸에 비해
큰 발을 가졌어요.

길고 풍성한 털이
온몸을 두르고 있어
몸집이 커 보여요.

꼬리는 털이 복슬복슬하고
길이가 비교적 짧아요.

터키시 반 Turkish Van

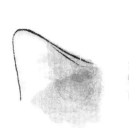

터키 남동부 반 호수
주변에서 발견된 품종이래요.
큰 귀를 가졌고 몸 부분에서
머리와 꼬리에 색이 있어요.

눈 색은 호박색, 파란색, 오드 아이 크게 3가지예요.

*오드 아이는 좌우 색이 다른 눈을 말해요.

꼬리털이 무척 풍성해요.

입 길이, 얼굴 길이가 짧고
광대뼈가 두드러져 있어요.

히말라얀 Himalayan

파란색 눈을 가진 고양이예요.
크고 둥근 눈을 가졌어요.

귀는 작고 포인트 색이 있어요.

납작한 코와 꼬불거리는
긴 수염이 큰 특징이지요.

꼬리는 얼굴과 같은 색이랍니다.

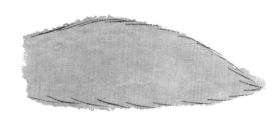

🐾 아메리칸 컬 American Curl

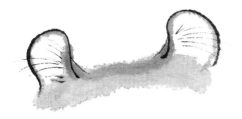

귀 모양이 독특한 고양이예요.
끝이 바깥쪽으로
구부러져 있지요.

꼬리 길이는 몸길이와 비슷해요.
털 촉감이 부드럽고
단모, 장모로 나뉘어요.

호두 모양처럼
커다란 눈을 가지고 있어요.
파란색, 금색 등 눈 색도 다양하지요.

다리에 색이 있을 경우
줄무늬를 찾을 수 있어요.

고양이를 키워 본 적이 있나요?

고양이를 키우다 보면

자주 듣는 단어들이 있어요.

처음에는 조금 낯설 수 있지만,

계속 사용하다 보면 곧 익숙해진답니다.

황금빛 털색 고양이를
'골든'이라고 불러요.

검은색 털을 가진 고양이는
'블랙'이라고 부르죠.

회색 털은 '실버'라고 불러요.

무늬 없는 짙은 회색 고양이는
'솔리드 블루'라고 해요.

털끝 색이 유독 짙은 고양이를 '틱트 태비'라고 불러요.
'틱트'는 한 올의 털에 색깔을 띠는 부분과 그렇지 않은
부분이 교차로 나타나는 걸 말하고요.
'태비'는 고양이에게 나타나는 특정한 무늬를 말해요.

점박이 무늬 고양이를
'스포티드 태비'라고 해요.
'벵골 고양이'가 이에 속하죠.

브라운 바탕색에 검은 줄무늬고양이를
'브라운 클래식 태비'라고 해요.
'클래식 태비'는 폭이 넓고 소용돌이치는 모양의
줄무늬로 '아메리칸 쇼트헤어 고양이'에게서
자주 보여요.

노랑 바탕에 주황 줄무늬고양이를
'치즈 태비'라고 불러요.
고등어 무늬와 닮은 줄무늬고양이는
'고등어 태비'라고 해요.

세 가지 털색이 있는 고양이를 '칼리코'라고 불러요.
'삼색이'라고 불리곤 하죠.
유전자 특성상 99% 암컷 고양이랍니다.

'버만 고양이'처럼 얼굴이나 귀, 꼬리 등
몸의 한 부분에 전체 털색보다 짙은 색깔이 있는
경우를 '포인트'라고 해요.

고양이 눈 색에 대해 알려 줄게요

라이트 그린

밝은 초록색 눈이에요.

블루

밝은 파란색 눈이에요.

헤이즐

개암나무 색깔로
녹색과 갈색이 섞인 색이에요.

골드

황금색을 띠는 눈 색깔이에요.

에메랄드그린

에메랄드 보석 색 눈이죠.
투명하고 짙은 초록색이에요.

사파이어 블루

아주 진한 파란색 눈이에요.
사파이어라는 보석 색이에요.

코퍼

투우사의 붉은 망토 같은 색이에요.

오드 아이

양쪽 색이 다를 때 오드 아이라고 해요.
푸른색 눈 쪽 귀가 안 들린다고 해요.

초보 고양이 집사를 위한 부록

감자와 맛동산

고양이들은 흙을 판 후 구덩이를 만들어 그 안에 대소변을 봐요.
집에서 키우는 고양이들은 화장실 모래에다 용변을 보는데요,
집사(도도한 고양이를 위해 하루 종일 시중드는 사람)들이
주걱으로 파내서 치우게 되죠.
그 모양이 소변은 감자처럼, 대변은 '맛동산' 과자처럼 보여서
붙여진 이름이랍니다.

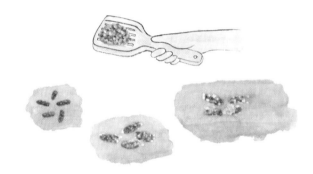

찹쌀떡

고양이의 두 손을 보세요.
모양도 촉감도 흡사 찹쌀떡 같답니다.

냥모나이트 🐾

고양이들은 몸이 무척 유연해요.
그래서 동그랗게 몸을 말고 자기도 하는데요,
그 모습이 암모나이트랑 비슷해서 '냥모나이트'라고 불러요.
주로 추울 때 이렇게 자곤 한답니다.

젤리 🐾

고양이 손바닥을 보세요.
말랑말랑, 푹신푹신, 쫀득쫀득한 곰돌이가
산답니다. 그래서 이 부분을 '젤리'라고 해요.

꾹꾹이

다른 말로 '빨래한다'라고도 하는데요,
주로 푹신한 곳에서 두 손으로
열심히 조물조물 손빨래하는 모습을 보여 준답니다.
어릴 때 엄마 젖을 빠는 기분을 느낄 때 나오는
행동이라고 해요. 마음이 편안할 때,
잠자리에 눕기 전에 주로 보여 주는 모습이에요.

궁디팡팡

허리 아래 엉덩이 부분을
'팡팡팡' 쳐 주면 좋아하는데요,
아무 고양이나 좋아하는 건 아니랍니다.
초면인 고양이한테 그런다면 실례겠죠.

우다다

야행성 동물인 고양이는 주로
한밤중에 빠른 속도로
이곳저곳 뛰어다니곤 하는데요,
사냥하던 본능 때문이라고 해요.
대변을 본 뒤에 '우다다' 하는
고양이들도 있어요.

부비부비

몸을 비비며 빙글빙글 도는 모습을 보여 주는데요,
상대가 마음에 들 때 자신의 냄새를 묻히는 거라고 해요.

골골송

'그르렁그르렁', '가르랑가르랑' 소리를 내요.
주로 편안할 때나 반대로 아플 때도 내는 소린데요,
여기서 나오는 주파수는 사람과 동물에게
심신의 안정감을 준다고 해요.

하악질

기분이 나쁠 때, 입으로 '하아악' 하는 소리를 내는데요,
'나 너 싫어', '다가오지 마', '그만해'라는 뜻으로
불쾌한 심경을 표현하는 행동이라고 보시면 돼요.
이럴 때 고양이를 건드린다면 공격하겠죠?

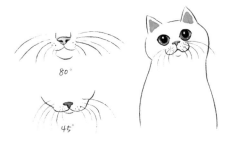

뿡주둥이

코 밑부분에 수염이 난 부분을 수염 패드라고 해요.
평상시에는 연한 분홍색 코에 수염 각도가 80도 정도예요.
그런데 흥분하면 진분홍색 코에 수염 패드가
부풀어 오르면서 수염 각도가 45도 정도가 돼요.
이렇게 수염 패드가 부풀어 오른 상태를
'뿡주둥이'라고 불러요.

실룩실룩

사냥이나 장난할 때 집중하는 모습이에요.
얼굴은 낮추고 엉덩이를 높이 세워 좌우로 흔들다가
목표물을 향해 쏜살같이 뛰어가기 바로 전에
이런 모습을 보여 줘요.

식빵자세

고양이들이 두 손, 두 발 다 몸에 밀착시켜 얌전히 앉아 있는 자세를 말합니다.
흡사 한 덩이 식빵 같은 크기와 모양이랍니다.

글·그림 김규희

"모냐 새끼 낳으면 한 마리만 줘." 하시던 아버지가 2019년 돌아가셨습니다.
그 슬픔을 이 책에 수록된 고양이들을 한 마리, 두 마리 그리며 삭힐 수 있었습니다.

아버지는 시사만화가로 최장수 기록을 세워 기네스북에도 등재된 '고바우영감'의 작가,
김성환 화백입니다. 같은 '고'씨인 고양이를 너무나 좋아하셨죠.
저의 어린 시절의 반려묘들은 아버지의 동양화 속에 남아 있어요.
2018년엔 제 고양이 그림들과 함께 아버지와 전시회도 했었습니다.
전시 관람객들의 대화 중에 "이 분은 고양이에 대해 진심이시다."라는 소리를 엿들으며
그림으로 진심이 전해진다는 점에 대해 기쁘고 감사했습니다.

고양이 그림을 그린다는 건 제게 있어서 위로고 치유였습니다.
몸과 마음이 우글쭈글, 거칠거칠, 뾰족뾰족해질 때 고양이를 만질 수 있다는 건 행운입니다.
고양이처럼 매끈매끈, 보들보들, 동글동글해지는 느낌을 받을 수 있거든요.
저에게 있어 고양이는 신이 주신 영혼의 친구인 것 같아요.

그림을 그리고 2년이 지나 이제 한 권의 그림책으로 만들어져 정말 행복합니다.
무지개다리 건너 예삐, 착희, 꾸러기, 힝코, 나비, 아모스, 복길이들과 함께하고 계실
아버지를 생각하며, 애묘 DNA를 물려주신 아버지께 감사드립니다.